嘴角揚起1cm就是快樂，手伸長1cm就是友誼，

你的1cm要從哪裡開始？

的起點

1cm

1cm 오리진

《1cm》系列暢銷書作家，銷售破百萬

金銀珠 著

韓國最大廣告代理商「第一企劃」藝術總監

金材娟 繪

林育帆 ──────── 譯

CONTENTS.

Chapter 1 +

移動 1cm，
就能打破彼此的刻板印象

鴕鳥蛋裡，是鴕鳥寶寶；鱷魚蛋裡，是鱷魚寶寶，
雞蛋裡？常常只看到水煮蛋。

人生之所以有趣，是因為很多意外我們都承受得起。

—————————— **p.021** ——————————

Chapter 2 +
靠近 1cm，
你就能跟他接吻

那個人，可以當成抱枕，也可以變成故事書；
他可以當作擦乾眼淚的面紙，也可能變成讓你流淚的洋蔥。

說起那個人……
你心愛的那個人，就是多功能。

────── **p.067** ──────

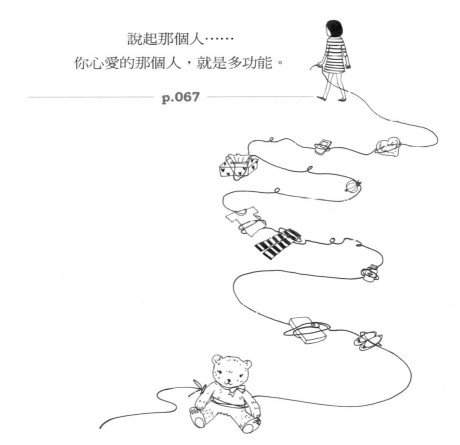

Chapter 3 +

退後1cm，
我們會對彼此更體諒

那個男人，怎麼會盲目的相信星座？
那個女人，怎麼會在咖啡裡加鹽？

如果《虎姑婆》的故事裡，加了她不得不當虎姑婆的理由，
大家會對她產生更多的體諒。

世上沒有無法理解的人，只有沒機會解釋的人。

───────── **p.133** ─────────

Chapter 4 +

日常，
需要1cm的空間喘息

我們之所以能抱著理性，
度過星期一、二、三、四、五，
都是靠著對星期六和星期日的期待。

週末啊，我愛你。

───────── **p.185** ─────────

Chapter 5 +
每天
都要成長 1cm

想呼喚現任情人，
卻叫成前任情人的名字？

用 LINE 大聊別人的壞話，
卻不小心傳給當事人？

如果這些事都沒有發生，
那麼，今天就是值得心存感激的一天！

p.215

推薦序一

世上所有的關係，都能濃縮成 1cm

《社畜時代》演員兼寫手／朱姐

　　我的前一份工作職位是組長，下面有七個組員，組織雖不到複雜，但人員形形色色，搞小團體的也大有人在。其中，有兩人特別有趣，小組初成立時，她們走得很近，一段時間後，卻鬧翻、撕破臉，其他組員也跟著尷尬。

　　據說，鬧翻的原因非常瑣碎：A 開玩笑的說 B 很像整形臉，讓 B 很不爽；B 開會時被拿來跟 A 比較，私下跟他人抱怨，認為 A 比不上她。

　　人在職場，或多或少都有過這樣的經驗吧？單看外在，就抱持著偏見接近對方，後來才發現「這個人跟我想像的不一樣」。

　　或許，你也曾有一位從沒講過話的同事，對他的認識，僅限於他的名字，以及他和別人對話的聲音。你心想：「他真的又吵又雞婆，看了真不順眼。」但當你們開始互動，就算只是剛好在茶水間碰到，小聊了兩句，他離開前笑著對你說聲辛苦了，你便突然覺得：「他其實人不錯。」

　　兩條平行線之間，即便只改變 1 度，最終都會相交；人與人之間，只要邁出一小步，距離便會縮短。但，牽起手後

就一定幸福快樂嗎？你知道世界沒這麼好混。可是，本書作者同時告訴你，既然世界不簡單，那你的心過得簡單一些就好啦！

作者將世上所有的關係，濃縮成 1cm 的交會，明明人心這麼複雜、腦中千頭萬緒，碰到她的「1cm 理論」竟迎刃而解。如果無法跳脫外表帶來的刻板印象，那就和對方多加深 1cm 的了解；如果了解後仍不歡而散，那就給自己多 1cm 的自由，別讓心被不快樂的事綁架。

這不是一本告訴你要做個完人的心靈雞湯，而是教我們如何保持純真的實用繪本。已經習慣將事情複雜化、長大成人的我們，或許更需要學習放下自己的偏見、將問題反璞歸真。

作者不用華麗的詞彙堆疊故事，她直接但溫婉的告訴你：這個世界，就是這樣運作的。她用不同的故事，配上繪者別出心裁的插圖，將我們拉回看繪本的孩提時代，靜靜的與這本書相處，感受快樂並療癒身心。

別放棄思考、別停止探索、別止步於現況，但也別忘了放過自己。正因為活著有太多麻煩和狗屁倒灶的鳥事，例如遇到背後捅你一刀的假朋友、欺騙感情的渣男渣女，所以你必須爽怎麼活就怎麼活。**雖然一路上是這麼難，但是別怕，因為我們都一樣。**

推薦序二

從現在開始，多愛自己 1cm

捷思身心醫學診所院長／李旻珊醫師

　　這是一本作者提煉自己人生經驗、萃取其中精華，富含價值觀與生活哲理的作品。配合著位置、色彩、脈絡都特別設計過的插畫與人物故事，讓人在閱讀體驗上，無論是注意力的流向或心情感受，都相當輕鬆及愉快。

　　每個人都是心理學家，也是自己人生的專家，透過不斷體驗與觀察，人人都會形成獨有的思考習慣或模式。瀏覽這些故事時，你或許會發現：「原來，也有人這樣想。」

　　發現其他人與自己有同樣的感受時，我們會很自然的因為這段連結，而感到被接納與理解，然後，心裡會多一些溫暖與力量。

　　本書很重要的特色之一是：有些故事需要摺頁、作畫，或是顛倒著看，才能體會作者的精心巧思。這樣的設計可以讓讀者腦內激盪，用不同的角度（物理）閱讀，也許就能有新穎的體悟。將「刻板印象」當作本書第一章中的第一篇故事主題，或許也在提醒讀者，可以試著打破既有的思考框架，帶著好奇心閱讀本書。

　　在心理諮商或治療中，協助或鼓勵當事人採取多元的立

場與觀點，重新詮釋、建構他以往看待事情的方式，也是常見的治療目標。有意識的訓練觀點的轉換，有助於提升認知彈性（按：依照情境轉換注意力、行為或思考的能力），進而降低焦慮、增加抗壓性。

作者的另一個核心創作概念是：「**如果人生是一把長尺，那我們會更需要長達 1cm 的什麼東西呢？**」此時此刻，我想到的是「從現在開始多一點點」，也就是一個個 1cm 的步驟。在計畫或設定目標時，將過程切分成比較具體可行、容易完成的項目，不僅能夠提升動機，減少拖延的情況，也會因為完成作業而增加成就感，長期下來也會慢慢提升自信。

這是我對於 1cm 的解釋，那你的 1cm 又是什麼呢？試著想一想，說不定讀起來能更有趣！

最後與大家分享我最喜歡的一篇：〈愛自己吧！〉（按：請見第 262 頁）。我認為「愛自己」是重視自己內心需求和感受，同時也接受真實的自我。儘管有時候會因為些許的不完美，或沒有達到自我要求，而感到焦慮、不安和自卑等情緒，但你也能告訴自己：**沒關係，因為這就是我，而我發自內心、自然而然的愛自己。**

期許各位讀者在讀完本書之後，都能有一些不同的收穫，或許是價值觀的激盪和領悟，也可能是一段自我療癒的過程。

推薦序三

日常生活的瑣事，
原來也有可愛的一面

台灣影評人協會理事長／膝關節

　　入行一段時間之後，不少朋友都以為我「專職寫影評」，但其實我剛入行時，在電影公司做很多瑣碎的行政工作。雖然確實包括評論電影，但主要還是協助運用電影素材及包裝公司發行的小型獨立影展訊息。

　　其中一個我覺得很有趣的工作，就是幫忙想電影的宣傳文案，要精準傳神的寫出某些電影裡的濃縮摘要。其實，寫文案就像是在下標題，要用最短的字數，發揮得讓人有同感、有共鳴。

　　所以，我看到本書作者曾任韓國三星旗下、韓國最大廣告代理商第一企劃文案撰稿人時，我很感興趣。在最大廣告代理商底下寫文案的，都是好手中的好手，而且不僅品質要好，速度還要快；我也曾經寫過廣告文案，所以蠻清楚這些流程。

　　作者的優秀視野及背景，讓這本書的出發點很不同。她表示這書有兩個核心宗旨，第一個宗旨是：「在白紙上可以做任何事，但是，一定得是有趣的事。」第二個則是：「如果人生是一把長尺，那我們會更需要長達 1cm 的什麼呢？」

假設你喜歡幾米的風格，那你肯定也會喜歡這本書。

若拿兩者來比較，幾米應是詩意感性，描繪出都會男女無解的寂寞感；而作者和繪者的結合，則是略帶戲謔趣味，反映出當代社會矛盾的真實感。

例如，有一篇刻畫下定決心要運動，便開始購買各類設備的人。當你聽到某人講「我要做好萬全準備」，背後的意思就是「永遠不會開始」。就像我們常說，今天開始減肥，意思就是減肥永遠是明天的事。

曾經有人說：「我是在當了爸爸之後，才知道如何當爸爸。」沒有人一生下來就準備好當父親的吧？人生很多事情都是先做了再說，也就是「從做中學」，甚至能說是「從錯中學」。

這本書穿插了作者精準的視野觀察，甚至有幾分負能量的諷刺挖苦，都能讓你會心一笑。協助讀者重新發現**日常生活的瑣事，原來也有詼諧可愛的一面**。

作者表示，幽默感讓世界變得更有趣且溫柔，而且人與人的相處，需要同理心。確實，努力就有機會賺錢，但幽默感是天生的溫柔基因，努力不來的。懂得自嘲，讓他人因為你的「自損」而被娛樂，我覺得是最高明的人生哲學。

畢竟，這世界上有三種東西，你再怎麼努力也學不來、做不到：一、讓對方愛上你；二、失眠；三、優秀的幽默感。

　　本書總共有 102 篇故事，好幾篇都讓我很有共鳴。在這些故事細膩的觀察之下，反覆咀嚼閱讀，隨著時間轉動，每一次都會是新的感受。

序言

更靠近你 1cm

　　讀者們好！承蒙大家的厚愛，《1cm》系列有機會和法國、日本等 12 個國家的讀者見面，並再次以《1cm 的起點》來問候大家。在漫長的時間裡，這個系列改變了韓國與世界各國讀者人生的 1cm，它將再次為讀者的日常生活帶來具有何種意義的變化，令我既好奇又興奮。

　　這本書有兩個宗旨。第一個宗旨是：「在白紙上可以做任何事，但是，一定得是有趣的事。」因此，這本書到處藏著可以摺頁、塗鴉、顛倒看的樂趣。正因為是書，才能盡情發揮想像力。

　　第二個宗旨是「如果人生是一把長尺，那我們會更需要長達 1cm 的什麼東西呢？」那個 1cm，會根據讀書的人、或是讀者當天的狀態而有所變化，成為全新的點子、溫暖的鼓勵、平靜放鬆的內心、愛，或是其他東西，而那個東西只有你能夠發現。

　　透過這本書，希望你每天都能發現，過去未曾找到的 1cm。

金銀珠

首先，我要向十多年來始終喜愛這本書的讀者致謝！

在這個千禧年、Z 世代等用來表達世代的用語層出不窮，時尚潮流也不斷改變的社會上，這本書和當初剛上市時已經大不相同，日後肯定也會持續改變；不過，關鍵字「1cm」仍會在這個世界上證明它不變的價值！

書中插圖皆依以下標準繪製而成：

· 不是普通的插畫，而是傳達不同訊息的畫作。
· 書中角色不會只出現一次，他們很有生命力。
· 並非裝飾，而是和讀者溝通用的「媒介」。
· 不是為繪者的樂趣而畫，而是為讀者的樂趣而畫。
· 插圖必須為生活帶來 1cm 的從容感及全新樂趣。

我希望閱讀這本書的每個人，嘴角都能揚起感同身受的微笑。

金材娟

出場人物介紹

怪獸

姓名：不詳
年齡：不詳
性別：男
血型：推測是 A 型
專長：能隨心所欲的改變身體大小

超級名模

澳籍模特兒，喜愛韓國。
維多利亞的祕密（Victoria's Secret）專屬模特兒，非常敬業，平時也很愛穿細肩帶上衣。迷上韓國束腿褲的設計，能把束腿褲穿出不同的風格。

消瘦男子

充滿矛盾的 20 代男性。
跟食量相比，身形偏瘦；看起來想法很豐富，但其實什麼也沒想；對女性不感興趣，可是有過很多段複雜關係（通常都以被對方甩掉收場）。

天才少女

父母管得很嚴，因此從不賴皮或胡鬧。興趣是製造機器人，崇拜愛因斯坦、熱愛貓咪。

成熟少年

外表看起來像是成年人，實際上只有 12 歲。對正規教育課程感到厭倦，但因為個性很謹慎，過去 4 年都拿全勤獎。最近迷上上面那位超級名模，因而開啟了人生的新篇章。

1.

閱讀這本書的你，可透過 102 篇故事獲得心靈的安定，
且有望達到分泌腦內啡的效果。

2.

書中藏有專為你設計的好玩裝置，閱讀的時候，你可能
需要拿起筆來塗鴉、將之前讀的頁面摺起來，或是跳到
其他頁。

3.

書中的主角及配角上場後，會創造出更多小故事，千萬
別錯過這些角色帶來的樂趣。

4.

如果電影票能帶給你 2 個小時的歡樂時光、遊樂園門票
能讓你興奮老半天，那麼，《1cm 的起點》將帶給你值
得珍藏的樂趣與共鳴。

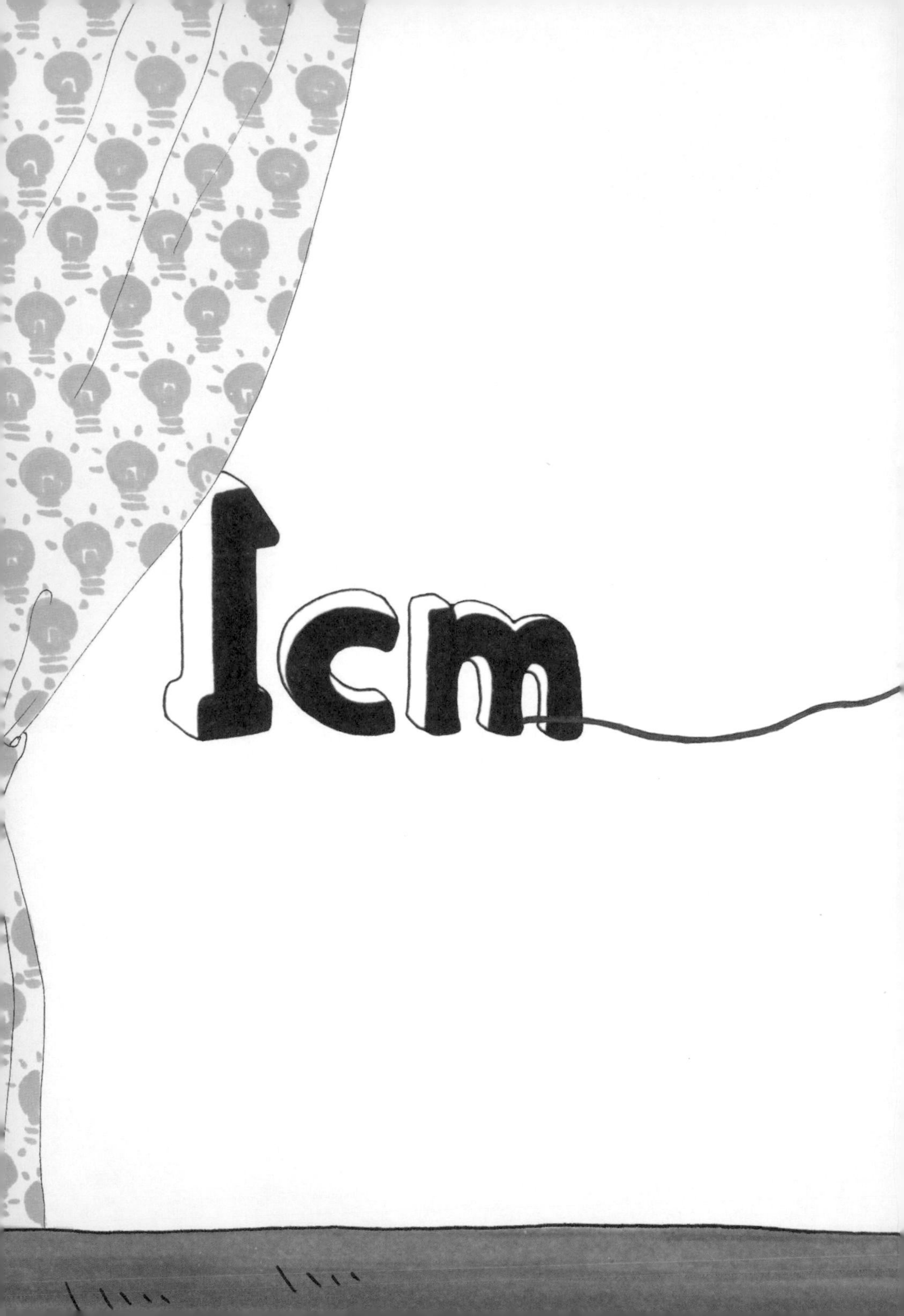
1cm

Chapter 1

移動 1cm，
就能打破彼此的刻板印象

刻板
印象

其實是瑜伽群族人

其實是小毒梟

其實是正在轉圈的人

其實是情侶

其實是天才

其實是人體模型

花 5 秒鐘留下的第一印象，

其實是禿頭

其實是食神

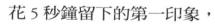  

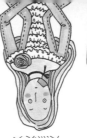

其實是
理髮師

其實是
水彩畫家

其實是
非洲大蟒

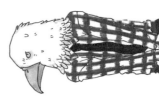

其實是
愛耍酷的模範生

其實是隻蟋蟀

其實
超級小心眼

其實都是刻板印象。

其實全身行頭
都是路邊攤

其實在玩角色扮演

蛋告訴我們的事

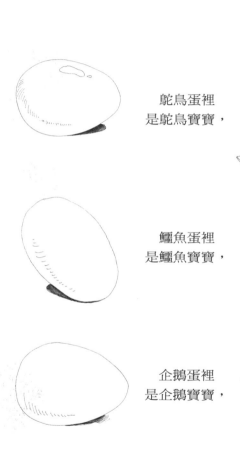

鴕鳥蛋裡
是鴕鳥寶寶，

鱷魚蛋裡
是鱷魚寶寶，

企鵝蛋裡
是企鵝寶寶，

烏龜蛋裡
是烏龜寶寶，

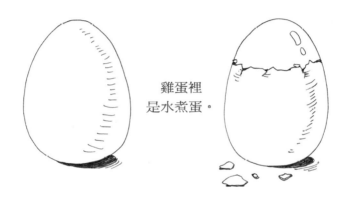

雞蛋裡
是水煮蛋。

人生之所以有趣，
是因為即將發生的那些意外，
我們都承受得起。

這些事，已經說了 50 年，
還要準備 100 年

就算流汗
照樣乾爽的
GORE-TEX
運動服

游泳選手專用
毛巾，既吸汗
又速乾

礦泉水~

說不定會用到
瑜伽墊……

握把軟綿綿的
名牌啞鈴

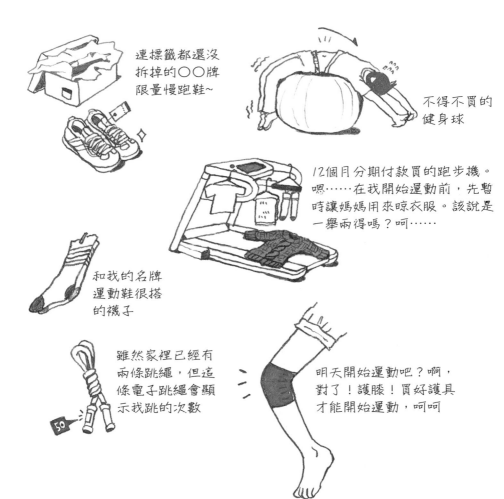

連標籤都還沒
拆掉的○○牌
限量慢跑鞋~

不得不買的
健身球

12個月分期付款買的跑步機。
嗯……在我開始運動前，先暫
時讓媽媽用來晾衣服。該說是
一舉兩得嗎？呵……

和我的名牌
運動鞋很搭
的襪子

雖然家裡已經有
兩條跳繩，但這
條電子跳繩會顯
示我跳的次數

明天開始運動吧？啊，
對了！護膝！買好護具
才能開始運動，呵呵

「我要先做好萬全準備」
這句話真正的意思是「永遠不會開始」。

老派的理由

即使出現了電動牙刷，
一般牙刷也沒有被人們拋棄。

即使出現了自動傘，
一般雨傘也沒有被人們鄙棄。

即使出現了電視，
收音機和電影也沒有就此消失。

即使出現了新歌，
老歌仍然是 KTV 的熱門歌曲。

雖然新的事物很受歡迎，
但熟悉的事物依舊不退流行。

為什麼猴子屁股的顏色
和蘋果一樣？

孩子的粉色臉頰＝貓咪的粉色鼻頭，
詹姆士的藍色眼珠＝海洋，
影子＝烏雲，
沙漠＝駱駝和駱馬，
鋼琴鍵盤＝乳牛，
紅色玫瑰花＝晚霞，
晶瑩剔透的珍珠貝殼＝閃爍的星星，

神創造世界時，
在許多地方都用了同樣的顏料。

題目 小紅帽的逆襲

悲傷電影的優點

看悲傷的電影時，
觀眾之所以還有興致吃爆米花、喝可樂，
是因為他們知道，
電影中的悲傷和絕望，
都是為了襯托最後的快樂結局。

但萬一結局依然很悲傷，
也不用擔心，
因為電影落幕之後，
悲傷的結局也不會帶到現實生活中。

能感受到傷痛，卻不會受傷，
這就是悲傷電影的優點。

不勞而獲的人生果實

這個世界上有著，
不須努力便能品嚐的果實。

那就是：
貝多芬的交響曲、
艾倫‧狄波頓的名著《我愛身分地位》、
雷內‧馬格利特的畫作《人子》、
奧古斯特‧羅丹的雕塑《沉思者》。

我們僅付出少許代價，
便能跳過創作的痛苦，
直接享受天才們嘔心瀝血的成果。

向天才們致謝吧。

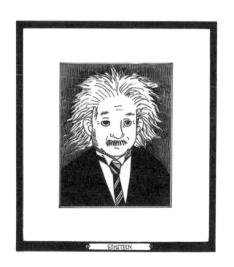

為了地球，先配一副近視眼鏡

地球，正在進入第六次大滅絕*：
人口大幅增長、
國際油價飆漲、
越來越多動物絕種、
巴西的亞馬遜雨林遭受破壞、
全世界的貧富差距越來越大。

我們正面臨極為嚴重的問題，
但雞毛蒜皮的小事蒙蔽了我們雙眼，
使我們變得過於安逸，像是：

明天一定得交的報告、
不知道今天午餐要吃什麼、
三天不讀不回的聯誼對象、
家中小狗來福得了皮膚病、
公司同事的薪水比我還多、
衣服尺寸又再大了一號。

為了正視這些看似遙遠卻日益嚴重的問題，
或許我們每個人都該去配一副近視眼鏡。

*地球過去共經歷五次大滅絕，最為人熟知的是導致恐龍絕種的
第五次大滅絕；許多科學家指出，第六次大滅絕現在正在發生。

難道你也有
皮膚病？

再渺小的事物，
也能說出精彩故事

果實，
訴說著那棵樹的一切。

能夠訴說一切的，
總是最渺小的事物。

他們的職業有何不同？

如果以＋和－來劃分世界

正極　　負極　　　　　出生　　死亡

相愛　　分手　　　　　白晝　　黑夜

晴天　　陰天　　　　　生產　　消費

夏天　　冬天　　　　　地上　　地下

不得不準時下班

＋的相反是－，
－的相反是＋。

就這樣創造了
世界的平衡。

世界為什麼會變成這樣？

我的朋友極度厭惡小孩，
卻當上了老師；

我的朋友總說：「時候到了，就該安息。」
卻成為了醫師；

我的朋友是超級膽小鬼，
卻當上了警察；

我的朋友做菜只知道加一堆調味料，
卻成為了廚師；

我的朋友總說：「你的就是我的。」
卻進入了政治圈。

於是，
我——恭喜他們。

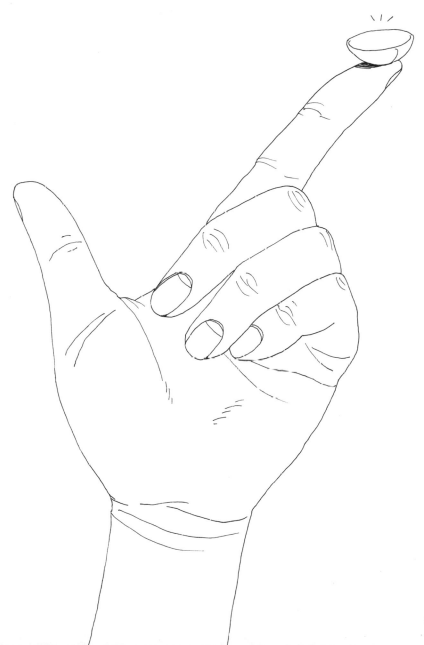

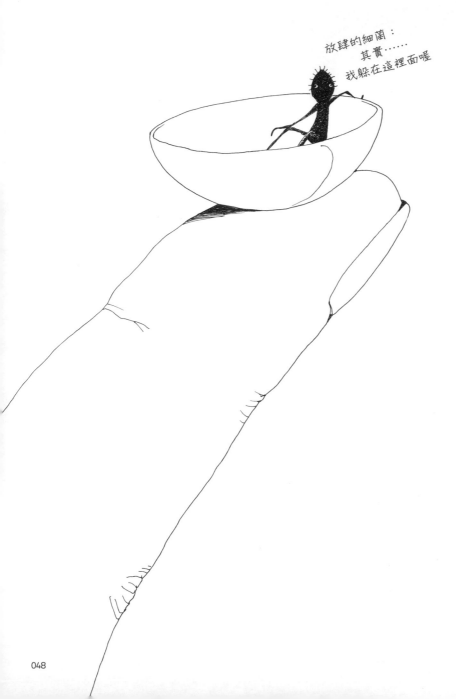

放肆的細菌：
其實⋯⋯
我躲在這裡面喔

仔細想想，
在不知不覺中，
我們向那樣的老師學習、
請那樣的醫師治療、
把安全交給那樣的警察、
吃那樣的廚師做的料理、
繳稅給那樣的政治人物。

即便如此，
世界依舊正常的運轉著。

還是說，
正是因為如此，
世界才會變成這副德性？

人生永遠充滿 surprise

人生永遠充滿 surprise 2

請翻開下一頁

不幸也是一種 surprise。

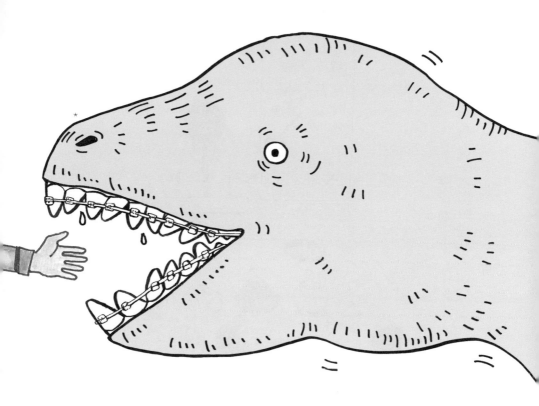

* 放心，這只是恐龍標本：）

說謊不用付代價的時代

比起無趣的真相，
人們更喜歡幽默的謊言；

比起難以置信的真相，
人們更相信合乎邏輯的謊言；

比起沉默的真相，
人們更想聽到有噱頭的謊言。

謊言的可怕之處，
就是它讓人完全不在乎真相。

南極與北極

網路商城不停的更新，
藝人的頭髮有時長、有時短，鼻子有時挺拔、有時扁塌，
氣象預報一下很準、一下又差超多，
學生制服上繡的學號，隨著年分改變而不斷增加，
時尚圈一下流行復古風、一下流行未來風。

就這樣，
季節不斷逝去，世界持續改變。

無論是過去還是現在，世人都認為畢卡索是天才；
無論是太陽還是月亮，都繞著同樣的軌道旋轉；
無論是男人還是女人，都不斷的墜入愛河；
無論是電影還是小說，最後好人總會打敗壞人；
無論是父母還是我們，都不曾遺忘這世界上的真理。

其實，
儘管季節更迭，這個世界仍舊始終如一。

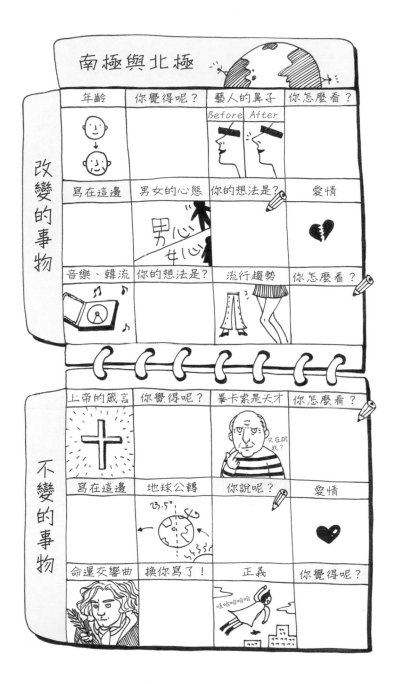

沒人讀的暢銷書

在翻開第一頁之前，
暢銷書，就只是暢銷書。

故事情節趣味橫生、
角色設定令人心動、
文章淺顯易懂又很有共鳴。
一頁接著一頁翻閱，
彷彿就像在吃蛋糕一樣，
甚至美味到讓人捨不得吃完。

可是有一些書，
只要翻開第一頁，就能打破原有的美好幻想。

那種書，即使讀了也是白讀，
角色設定陳腐老套、
內容不是難以理解就是過於空泛、
完全無法引起共鳴。
雖然這並不是這本書的錯，
但我總覺得自己被騙了。

最諷刺的是，很多時候，
人們都在沒讀過暢銷書時，就開始針對那本書高談闊論。

就算是暢銷書，
也不代表會被所有人喜愛。

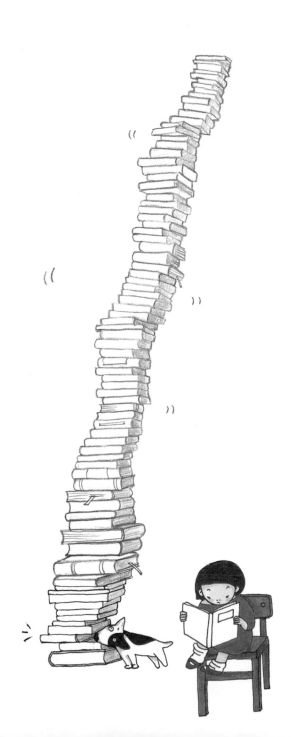

每個人，都像是一本暢銷書

在翻開第一頁之前，
暢銷書，就只是暢銷書。

故事情節趣味橫生、
角色設定令人心動、
文章淺顯易懂又很有共鳴。
一頁接著一頁翻閱，
彷彿就像在吃蛋糕一樣，
甚至美味到讓人捨不得吃完。

可是有一些書，
只要翻開第一頁，就能打破原有的美好幻想。

人也是一樣，
在真正了解一個人之前，
那個人是多麼的魅力四射、討人喜愛、幽默風趣。

可是當你逐漸了解某個人之後，
就會明白童話故事中的主角，
真的只會出現在童話故事中。

有些書，不讀為妙；
有些人，留在幻想中就好。
問題是，
這本書究竟是好是壞，
也得等到讀完之後，
才能得到解答。

至於，
究竟該承擔這個風險，
還是保留美好的幻想，
將書原封不動的留在架上，
就是各自的選擇了。

比較，比悲傷更悲傷

拿鋼琴跟口風琴相比，口風琴只能自嘆不如；
拿宮殿跟茅屋相比，茅屋肯定自愧不如。
在你把高檔套餐和辣炒年糕、禮服和 T 恤互相比較的那個瞬間，
這些事物就喪失原有的意義了。

口風琴有口風琴的獨特音色，
茅屋有茅屋能創造出的回憶，
辣炒年糕有辣炒年糕的特有風味。

但只要經過比較，整個世界都會開始哭泣，
沒有比這更傻的眼淚了。

也許世界所帶來的莫大喜樂與幸福青鳥，
不在宮殿裡，而是藏在茅屋之中。

1cm

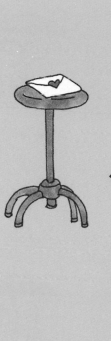

Chapter 2
靠近 1cm，
你就能跟他接吻

男人的資格

下雨時，願意為你撐傘的男人，
才有資格和你一起欣賞雨後天晴的彩虹。

逝去的愛情教我的事

從逝去的愛情中，
我學到，我給予的愛不夠多。

從逝去的愛情中，
我學到，我付出的體貼不夠多。

從逝去的愛情中，
我學到，
自己給對方的笑容不夠多，
自己給對方的悸動不夠多，
自己給對方的關心不夠多。

肯定都會越來越好。

How to Love

別用嫉妒來驗證愛情，
別用欲擒故縱來驗證愛情，
別把搞消失、無故的爭執，
及他人的閒言閒語，
當作愛情的證據。

而是
用 ❤ ，
來證明 ❤ 。

星座，沒有你想的準

有時候，

比起星座，

一個人剝橘子的方式，
訴說了更多關於他的祕密。

一見鍾情

要讓男人和女人明白彼此的心意，

只需要翻過一頁的時間，就夠了。

說起那個人……

那個人，可以當成抱枕，
也可以變成故事書；

他可以當作擦乾眼淚的面紙，
也可能變成讓你流淚的洋蔥；

他可以化作優美的音樂，
也能變成可調靜音的手機；

他可以當作合身的舊 T 恤，
也可以變成舒適好穿的牛仔褲；

他可以化作治好感冒的良藥，
也能變成讓你感冒的寒風。

有時候是讓人想翻開來看的日記，
有時候是總想多瞄一眼的珍藏公仔，

人嘛……

你心愛的那個人，
就是多功能。

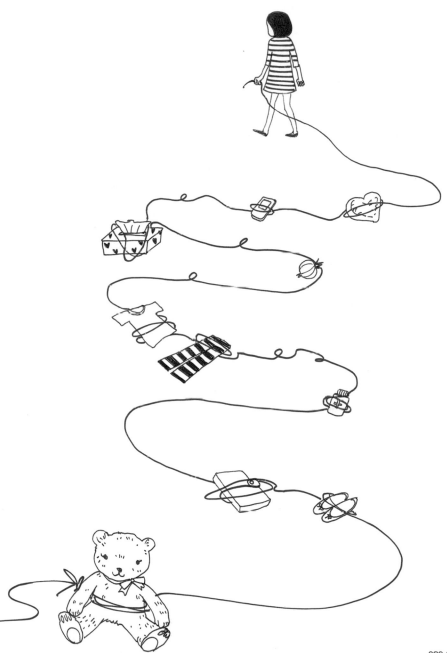

心跳指數

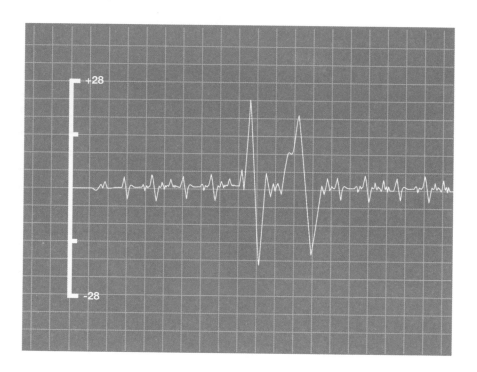

　　恐怖電影和愛情的共同點是，
都能讓心臟撲通、撲通的猛跳。

天生一對

愛吃蛋黃的男人，
跟愛吃蛋白的女人在一起。

喜歡唱歌的男人，
跟喜歡聽歌的女人在一起。

不會做菜的女人，
跟喜歡下廚的男人在一起。

愛賴床的女人，
跟喜歡把手臂借給她當枕頭的男人在一起。

愛哭的女人，
跟貼心的暖男在一起。

這就是，天生一對。

沿著虛線

請沿著虛線向左對摺

摺過的痕跡，
不容易消失。

曾經愛過的痕跡，

也是如此。

不會也無妨

活在這世界，我們會慢慢學會一些事。

像是，面不改色的吃下最討厭的豆子，
明明是左撇子，卻能用右手寫字，
假裝聽得懂朋友們討論的深奧話題，
昨天從書中讀到的內容，卻說得像是自己的想法，
騙自己說我的雙眼皮不是割的，是天生的，
早上睡過頭，裝感冒請病假……

還有，
心裡明明想說「不要走」，
卻笑著說「再見」。

愛情這種病

如果你不斷為對方的缺點辯解，
還覺得對方的優點獨一無二，

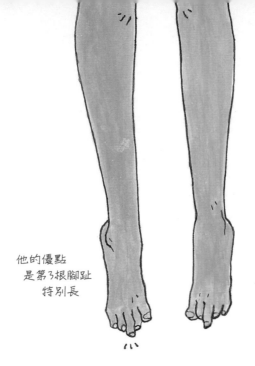

他的優點
是第3根腳趾
特別長

那麼恭喜你，
你墜入愛河了！

愛情的敵人

愛情的敵人，

是對方有約在先、
想送對方回家，可是距離太遠、
想約會，可是天氣太冷、
想講電話，但是開會開太晚……

不，這些都不對。
愛情真正的敵人，
是不愛了的那顆心。

偏見

這個世界上，存在著一些偏見。

初戀不可能有結果的偏見，
諧星私底下一定也很搞笑的偏見，
爺爺奶奶肯定沒有英文名字的偏見，
買衣服比算微積分簡單的偏見，
明天的氣象預報一定不準的偏見……

還有，
相愛比分手更容易的偏見。

Mark

Jessica

花花

理由

下回再加班

也許不是討厭肢體接觸，
而是討厭被對方碰觸。

也許个是个會撒嬌，
而是不想對他撒嬌。

經常忘記你們的紀念日，
也許不是因為你過於健忘，
而是因為從來就沒有把對方放在心上。

只要捫心自問，
心便會給予答覆——

那些不再愛他的你所需要的答覆。

駕輕就熟

凡事駕輕就熟。
第二次說謊，
你變得更熟練了，把對方騙得團團轉。

第二次報告，
你不會發抖了，說起話來不疾不徐。

第二次打針，
你沒那麼緊張了，不吭一聲的忍耐。

可是，
分手這件事，
即使已經是第二次，
依然無法泰然面對，
依舊沒辦法適應。

不會因為是第二次，
傷痛就少一點，
睡眠就改善一些，
食慾就增加一些。

第二次也是一樣，
有多心動，就有多悲傷，
回憶有多美好，就有多痛苦，
當時有多愛，就要承受多上數十倍的痛。

而且，
即使經歷了第三次、第四次，
依舊如此。

分手，

無論經歷幾次，都無法駕輕就熟。

離別這件事

離別這件事，
就像是走在雪地上。

猛然回頭一看，
先前的腳印早已消失。

每一次離別，都終將過去。

（　）外的男子

「我只是身體有點不舒服。」（你剛剛說的話傷到我了。）
「今天跟朋友有約。」（比起朋友，我其實更想見你。）
「距離很近，我自己走過去就好。」（好希望你陪我一起走。）
「抱歉！我也忘記了。」（怎麼會忘了紀念日？）
「我們去吃你想吃的吧。」（我想吃義大利麵。）

女人堅信男人能察覺到（　）裡的話，
男人則堅信（　）外的話，就是女人的真心話。

女人心裡不是滋味，男人只能喊冤，
數百年來，男男女女爭執不休的原因，
就是因為這個（　）。

女人存在於（　　）裡，
男人存在於（　　）外。

時間的減法

要是刪掉回憶中的情感，

回憶就會變成記憶。

請在（　）中填入適當的詞語

「（　）啊，我不能沒有你，
我永遠愛你。」

（　）裡的名字每次都不一樣。

如果有人問，愛是永恆的嗎？
我會回答，
愛是永恆的，
但那份愛不會只對一個人傾心。

不過，
你不必為此感到氣憤或憂慮。

走出情傷後，悲痛欲絕的人就不再心痛，
巧克力狂熱者，也有可能變得不愛吃巧克力，
人會改變，愛也會改變，
就像變老一樣，是天經地義的事。

若只追求不會改變的愛，
那種愛反而會變成束縛。
不論愛是否亙古不變，
不論愛是否天長地久，
當下的愛情都很美好。

和愛情最搭的時態，
就是「現在」。

愛情走到盡頭，義務也結束了

回覆電話和訊息的義務、
留意未接來電的義務、
在生日蛋糕上插蠟燭的義務、
為了生日卡片上要寫什麼而傷腦筋的義務、
在風和日麗的日子想念對方的義務、
下雨天時擔心對方忘了帶傘的義務、
髮型明明不適合卻說很好看的義務、
將打呼聲當成搖籃曲的義務、
將他或她挑出來的豆子吃掉的義務、
認為對方的優點獨一無二的義務、
假裝沒看到對方缺點的義務、
一起快樂與難過的義務、
無條件站在同一陣線上的義務，

還有……

將那段認真履行義務的時光，
當作幸福的回憶，銘記在心的義務。

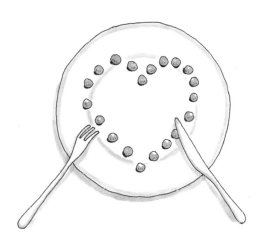

讓女人感動，很簡單

光是在臺北，
就有 789 間沒吃過的餐廳、
4 間沒去過的電影院、89 間沒喝過的咖啡廳，
以及 68 條沒走過的小路。

儘管如此，女人還是希望有朝一日能和愛人一起，
在氣氛絕佳的紐約露天咖啡座喝茶、
在倫敦蘇活區觀賞音樂劇、
漫步在香榭麗舍大道上，
這就是女人的浪漫。

可是，
比起浪漫，
女人更看重對方為浪漫所付出的努力。

看見對方為自己辛苦準備的驚喜時，
學校操場的夜空，也能勝過香港的夜景；
鍍金的戒指，也能勝過 Tiffany 珠寶；
小巷裡的美味牛肉麵，也能勝過高級餐廳的美食；
學生製作的話劇，也能勝過倫敦的音樂劇。
女人，就是這麼容易感動。

雖然要滿足女人的浪漫並不容易，
但是想讓她感動，
一點也不難。

人類是自戀狂

團體照，
就是把別人當作背景的個人照。

每個人最快找到的，
都是自己的臉孔。

但是，墜入情網的人，
總能最先找到對方的面孔。

相親的優點？

在不期不待的相親對象身上，
總能發現意想不到的魅力。

某個男人的故事

有個男人相信，
世上所有人誕生的意義，
都是為了祝他生日快樂。

他深信世上所有鏡子，
都是為了照耀他而存在；
而世上所有的飛鳥，
都是為了歌頌他而存在。

天空與海洋之所以是藍色的，
是因為他最喜歡藍色；
而晝夜會變換、
月亮有陰晴圓缺，
都是為了不讓他感到無聊。

然而，
他一點也不幸福。

有一天，他遇見了一個女孩，
奇怪的事情發生了。

現在，他開始認為，

花朵之所以綻放，是為了編成花冠，戴在她的頭頂；
月亮之所以升起，是為了在夜晚照耀她的動人模樣；

海洋與天空之所以是藍色的，
是因為藍色最能襯托她的美。

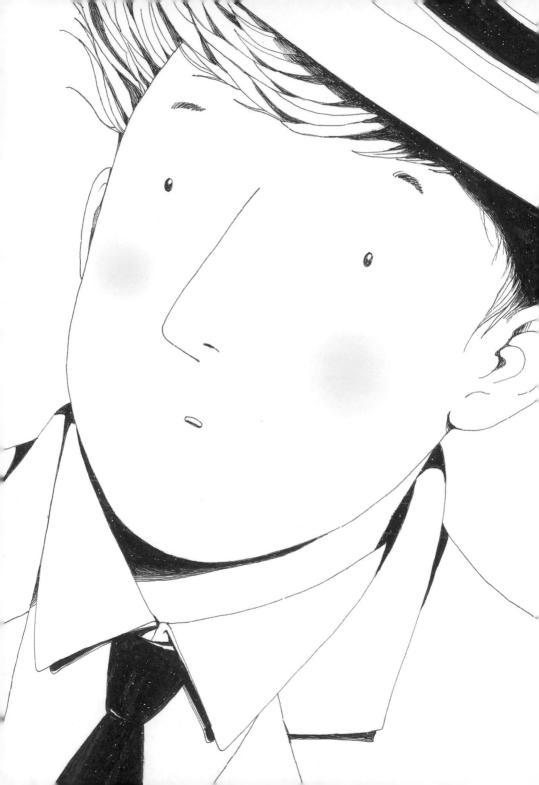

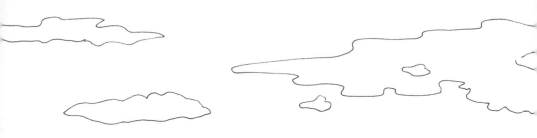

他開始認為，

風之所以吹起，

是為了撩動她的髮絲；

水果在不同季節成熟，

是為了讓她品嚐四季的美味。

原本，他是世界的中心，
現在卻轉移到了女孩身上，
但，現在的他，終於變得幸福。

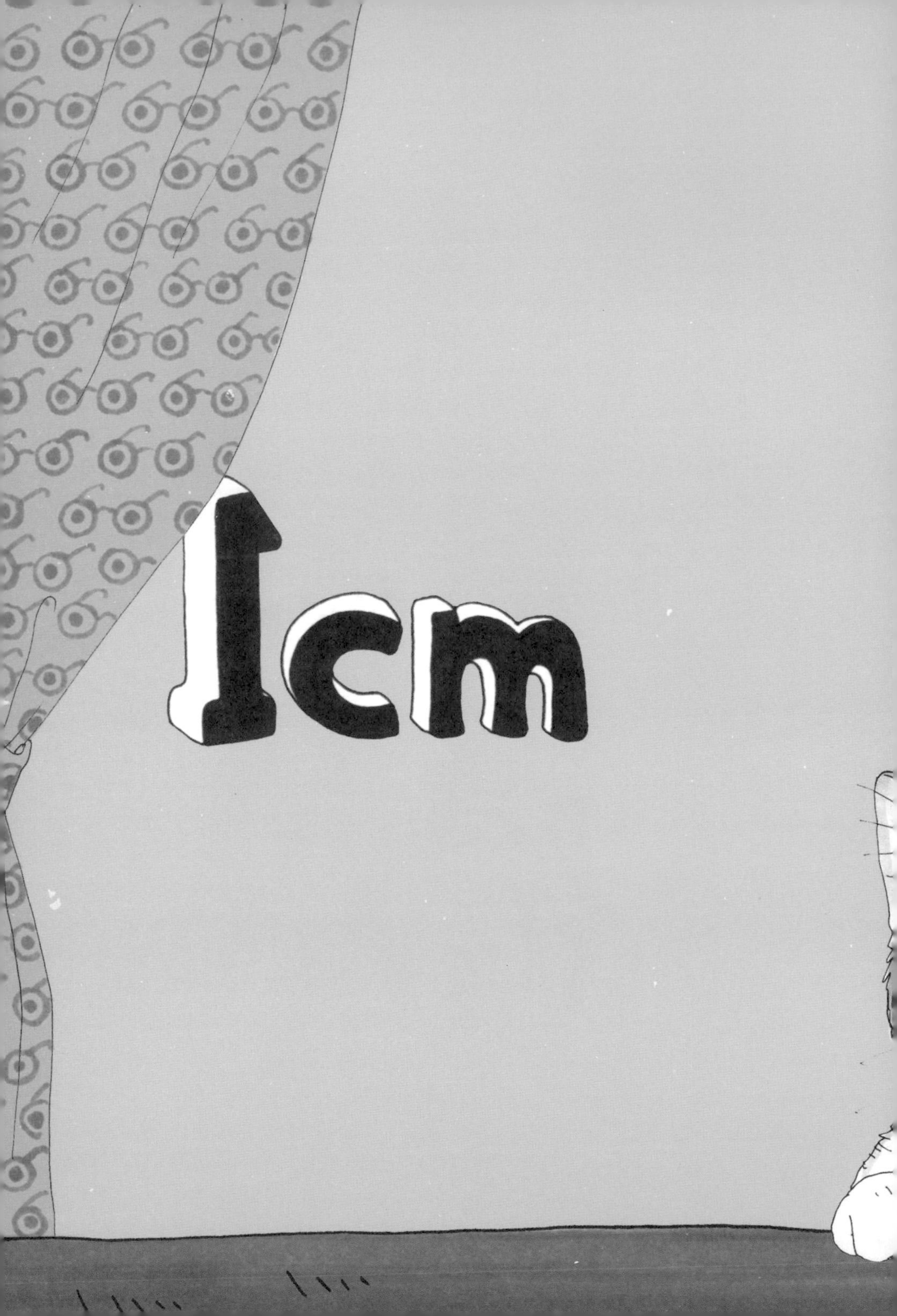
1cm

Chapter 3

退後 1cm，我們會對彼此更體諒

被禁止的玩笑

為什麼玻璃窗越乾淨，
我就越想留下手印？

為什麼牙醫教的正確刷牙方式，
我就是不想遵循？

為什麼限制級電影，
會讓我這麼好奇？

為什麼展示用的非賣品，
我會這麼想占為己有？

為什麼別人家買的柿子，
看起來格外香甜？

為什麼無法開花結果的愛情，
會令人格外心痛？

為什麼得不到的東西，
比已經擁有的一切還令人在意？

得不到的東西，就越令人渴望，
拉起封鎖線的地方，總令人更想闖入，
那是因為，被禁止的事情最吸引人。

就像亞當與夏娃偷吃禁果一樣，
我們會對被禁止的事物產生欲望，
對規則及義務產生反抗心理。

也許這就是人類最根本的天性，
既無法說明，
也沒必要解釋。

因此，
即使你想摘下帶刺的玫瑰，
也不用為自己的行為感到驚訝。

請畫得跟左頁一模一樣

沒有人的左臉和右臉
能完全對稱。

換句話說，

沒有人是完美的。

恭喜，你是正常的

昨天還讓你捧腹大笑的相聲段子，今天卻覺得枯燥無味；
上次穿過的那件衣服，現在看起來莫名俗氣；
以前喜歡的歌曲，再聽一次，竟如魔音傳腦；
曾經蔚為風潮的髮型，現在只覺得醜不啦嘰；
當初愛得死去活來，現在看到他，卻心如止水；
原本漠不關心，最近竟對爵士舞感興趣；
小時候喜歡寫文章，長大後卻愛上畫畫。

出現以上症狀，
可別被嚇到。

季節到了，狗就會換毛；
時機成熟，人便會隨之改變。

無論是外表、
想法、
口味，
或是喜好。

要不要燙個頭髮……

關於 A 這名男子

A 的指甲總是剪得很乾淨。
A 從來不曾逾期繳稅。
A 喜歡提早 5 分鐘抵達約會地點。
A 不會忘記一天要餵貓咪 2 次。
A 做人老實又有責任感。

A 的指甲總是剪得很乾淨。
A 從來不曾逾期繳稅。
A 喜歡提早 5 分鐘抵達約會地點。
A 不會忘記一天要餵貓咪 2 次。
A 不知變通又枯燥乏味。

世上每個人的解讀不盡相同。
如果沒有主見，
就只能以他人定下的結論看待世界。

你要記得，光是一道彩虹，就有 7 種顏色，
一隻小小的螞蟻，也分成頭、胸、腹，3 個部分，
如此多采多姿、充滿驚喜的，才是人生。

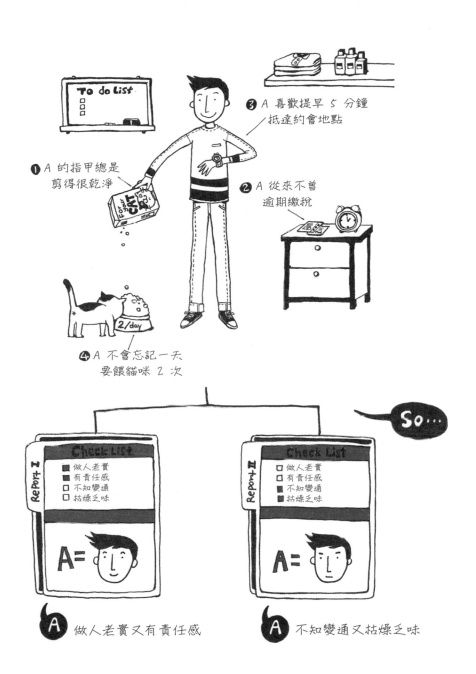

忘記自己曾是蝌蚪的青蛙

要陳總經理回想

自己還是小職員時發生的事，

就像是要求大牌影星回想
自己還是小臨演時的回憶一樣困難。

缺點是「看不到優點」

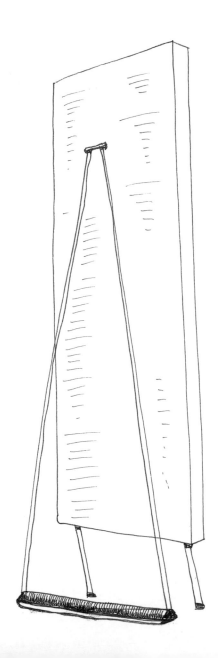

在超級英雄身邊的人，
反而容易忽略英雄的偉大。

其實，
許多人最大的缺點
就是看不見旁人的優點。

SUPER ULTRA MAN

請你體諒虎姑婆

那個男人，
怎麼會盲目相信星座呢？

那個女人，
怎麼會在咖啡裡加鹽呢？

那個男人，
怎麼會在香菸盒上寫名字呢？

那個女人，
怎麼會穿著條紋長襪、條紋長裙和條紋襯衫呢？

這些令人費解的習慣、嗜好、性格，
也許在聽完他們的故事後，
你就能理解了。

如果《虎姑婆》的故事裡，
加了她不得不當虎姑婆的理由，
大家也許會對她產生更多的體諒。

世上沒有完全無法理解的人，
只有沒機會解釋的人。

大腦與心臟

螞蟻，

是由頭部、胸部、腹部所組成。

人類，

是由大腦和心臟所組成。

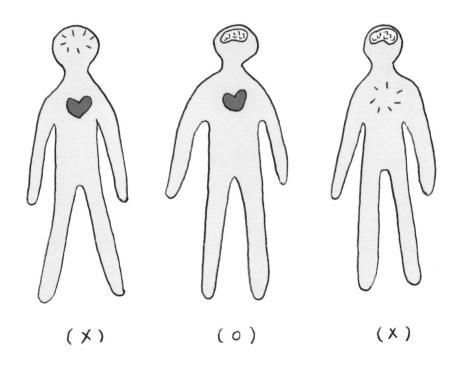

（✗）　　　　（○）　　　　（✗）

*偶爾會不小心搞丟大腦或心臟，這時請從容面對，無須慌張。

安全的答覆

有時候，
被發現自己心裡很受傷，
簡直就像傷口上被撒了鹽。

所以人會在不知不覺中，
以安全的答覆回應對方。

只要面無表情、語調生硬，
用簡短的語句回覆對方，
就不會被看穿了。

「嗯。」
「沒有。」
「沒關係。」
「不知道。」
「我不清楚。」
「應該是我沒睡好。」

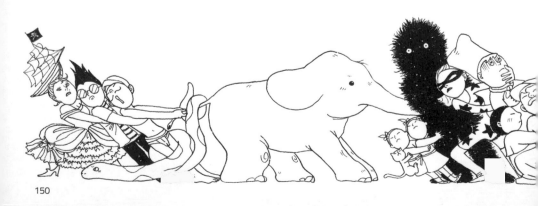

相反的，
如果某個人面對你的提問，
一直給予簡短的回覆，

這時你應該別再猜測、停止詢問，
這才是有禮貌的行為。

躲在安全的答覆中，
才能安心的喘口氣。

一件衣服兩樣情

導致差異產生的，
不是衣服，
而是穿衣服的人。

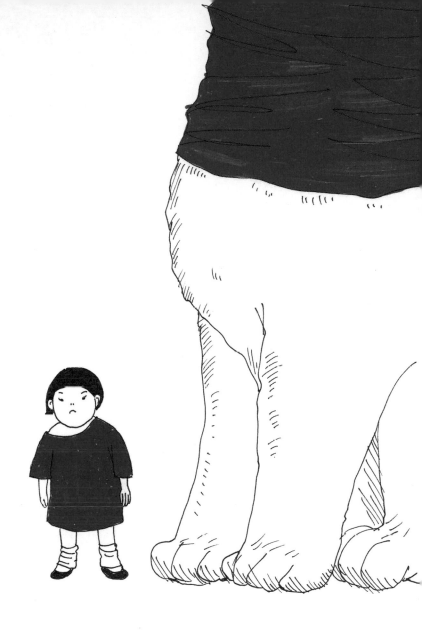

青出於藍

優秀的師傅，
會為徒弟指出必經之路；

優秀的徒弟，
會為師傅揭開前無古人的道路。

可以取代對不起的話語

「路上太塞了」不能取代「對不起」，
「不小心忘了」不能取代「對不起」。

「老闆開會開太晚。」
「睡過頭了。」
「突然有棘手的事情要處理。」

不管是怎麼樣的說詞，
都無法取代「對不起」。

「對不起」這句話，
一定要說出口。

喝罐提神飲料，
再準時下班

因此，

沒有什麼事情，

比讓人等你說「對不起」更失禮了。

胃口

至今，我的胃口是由，

義大利名廚親自料理，但撒了太多鹽的白醬義大利麵、
公司對面，總是得等超過一小時的小火鍋、
在不起眼的小店裡，不經意吃到的完美白飯、
讓我對茄子完全改觀的油炸茄子蓋飯、
每到端午節，奶奶就會親手包的無敵粽子、
以及，
這 28 年來，每天吃下的三餐和不計其數的零嘴，
累積下來的成功與失敗所組成。

偶爾，在某些情況下，
我會回想起，原以為早就遺忘的味道。

想念油膩食物時，就想吃不鹹的白醬義大利麵、
壓力太大時，就想吃熱呼呼的小火鍋、
星期日一大早，就想空腹吃那間小店的白飯、
端午節還沒到，就想吃奶奶包的粽子。

胃口就像是關於一個人的歷史，
而歷史，
會不斷更新。

To 聖誕老公公

請原諒我的漫不經心。
請原諒我動不動就生氣。
請原諒我摘下好不容易綻放的花朵，
又不小心踩死螞蟻。
請原諒我在內心暗自嗤之以鼻，
回應別人時又口是心非。
請原諒我亂插隊卻假裝沒這回事，
還抱怨菜上得太慢。
最後，
請原諒我，
因為我做了一些現在已經想不起來的壞事。

因此，
最帥氣、最善良的聖誕老公公，
請別忘了我的聖誕禮物。

如果自我反省也算是件善事，
那我至少有做一件善事吧？

請沿著虛線向左對摺

From 聖誕老公公

表情不會訴說一切

我們無法從平靜的表情中，看出動怒的神情；
我們無法從清秀的臉蛋中，看出大膽的性格；
我們無法從凶狠的容貌中，看出溫柔的微笑。

我們總以為面無表情的人非常文靜，
我們總以為臉蛋清秀的人非常溫順，
我們總以為容貌凶狠的人非常可怕。

人的想法意外的單純，
因此，我們總會錯過真正重要的細節。

凶狠的表情中，流露出什麼樣的溫暖微笑？
有別於臉上的煩躁神情，做出了什麼樣的貼心舉動？
看似活在自己的世界，卻為他人流下了什麼樣的眼淚？

臉，能訴說關於那個人的許多故事，
但那並非全部。

有時候，
那些看不見的，
才代表著一切。

時光機

大人，
想要變回小孩。

小孩，
則渴望變成大人。

讚美

天才們，
也喜歡被人稱為天才。

大象！

關於真理

大人比孩子更了解這個世界嗎？
醫生比病患更懂得治療傷口嗎？
前輩比後輩更明白何謂責任嗎？
教授比學生更懂得探究學問嗎？
牧師比信徒更明白何謂信仰嗎？

千萬別妄下定論。

你所不知道的事，
對方反而了解。
說不定，他能教你的事情，
比任何事都來得重要。

真理，
不是以量取勝。

真理，
沒有高低之分。

嘶吼無法吸引人群

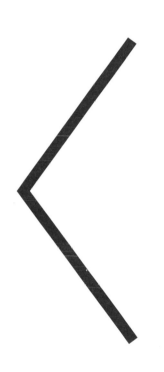

比起演講者震耳欲聾的嘶吼，
有時候，少女細小的聲音，
更能撼動人心。

一首我喜歡的歌

有一首我喜歡的歌，
融合了我最喜歡的旋律，
和我最討厭的歌詞，

但，儘管如此，
它依然是我喜歡的歌。

人生就像是我喜歡的歌曲，
人們也像是我鍾愛的歌曲，

即使美好的日子中，藏著討厭的日子，
儘管美好的個性中，藏著討厭的特質，

那終究是我喜愛的人生，
那終究是我鍾愛的人們。

討厭的部分，
終究贏不過喜歡的部分。

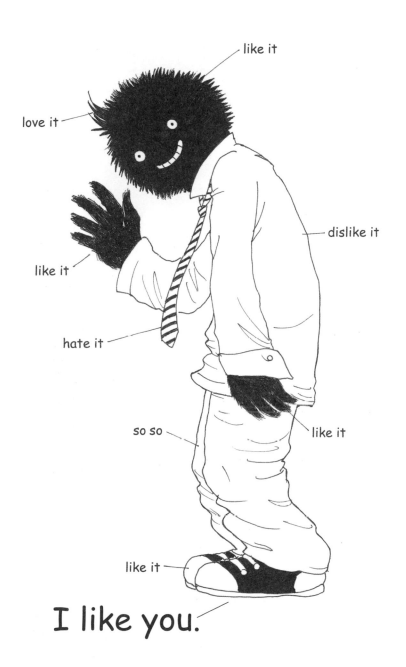

孩子王

要是有人能推我一把，鼓勵我去那場派對就好了。
要是有人能推我一把，告訴我海水其實沒那麼深就好了。

那本書其實不難讀、
告白的成功機率很高、
那件衣服並不會太浮誇、
拍電影其實很有趣、
只不過吃一小塊蛋糕，不會變胖、
熬夜雖然很累，卻也是一種享受、
那個包包雖然偏貴，但可以用很久、
那座沒人在走的橋，絕對不會坍塌……

無論是令人害怕的初體驗、
使人擔憂的棘手工作，
或需要勇氣的大膽決定，
我都希望你能推我一把。

在猶豫該不該行動的剎那、
無法打定主意的瞬間，
我會等待某個人來說服我，
說服我打定主意、付諸行動，
並告訴我，那將是值回票價的經驗。

就算長大了，
每個人心裡都還有一個小孩。

那個小孩，
面對新的體驗總是既害怕又期待，
這時，就需要孩子王來推你一把。

所以，
儘管這些冒險看起來很可怕，
你的人生卻可能因此變得更加愉快。

好，就是現在，
遇到猶豫不決的朋友，就推他一把吧！
當個孩子王，
讓你的勸說成為決定性的關鍵。

除了幫助他人，
你也可以推自己一把。

1cm

Chapter 4

日常，
需要 1cm 的空間喘息

週末,我愛你

①
我們之所以能抱持著理性,
度過星期一、二、三、四、五,
都是靠著對星期六和星期日的期待。

Thursday

Friday!!

②
我們之所以能用冷靜的心情，
度過星期一、二、三、四、五，
都是因為星期六和星期日可以大肆狂歡。

小心一點，
或是靠近一點

你要小心：
皮笑肉不笑的表情、
週五晚上七點的會議、
隨便說出「我好想你」的習慣、
酒後吐真言或喝醉後胡言亂語，
以及評論他人不幸的閒言閒語。

你要靠近：
停電時如蠟燭般的朋友、
為了唱 KTV 而安排的舞蹈練習、
懂得偶爾偷懶一下的聰明機智、
讓你的手腳和內心變溫暖的人、
營養均衡的菜單、
一天 1 公升的白開水、
偶爾仰望天空的習慣，
以及與迷路的貓咪溝通的方法。

如果，
可以靠近的事情，
多過必須小心的事情，
這或許就是個值得居住的世界。

Perfect Calendar

Perfect Calendar

SUN	FRI	SAT	SUN	FRI	SAT	SUN
				1 勞動節	2 啊！♥ 100天紀念日 I Love you~	3
4	5	6	7	8 創立紀念日！	9	10
11	12	13 My Birthday!	14	15	16	17
18	19 AM 10:30 搭飛機	20 4天3夜 Hong Kong~♥	21	22	23	24
25	26	27	28	29	30	31

恭喜你！
請準時下班

你現在所看到的，
是如同潘洛斯三角[*]的月曆。

完美計畫＝不可能的任務。

*潘洛斯三角（Penrose triangle）：英國數學家羅傑‧潘洛斯（Roger Penrose）
於 1950 年代設計出的圖形；雖然能以二維圖像的方式呈現，但理論上無法在正
常三維空間中實現，因而被稱為「不可能的圖形」。

謹代表蟋蟀

我認為,奪走一隻懶惰蟲的惰性,
就等於奪走了牠的身分,
作為一隻懶惰蟲,我想說幾句話。

勤勞的螞蟻和牠們的後代子孫,
以及將螞蟻當成楷模的老師、父母,
還有童書出版社的各位:

數百年來,蟋蟀都在樹蔭下歌唱,
忽視繪本作家及世人的指責,
一心一意的盡懶惰蟲的本分、
並謝絕任何名聲或金錢。

為了讓有節操的蟋蟀,
能夠實現牠們的命運,
請放過蟋蟀吧。

請容許蟋蟀,
在春暖花開時享受春天,
在綠意盎然時享受夏天,
吹起適合吟詩的涼爽微風時,
就讓牠們享受秋天,
落下白皚皚的飛雪時,
就讓牠們在潔白的雪地上,
靜靜的享受存在的自由。

假如還來不及享受季節的變換，
還沒意識到春天、夏天或秋天的到來，
就突然得知寒冷的冬天到了，
對蟋蟀而言，豈不是太殘酷了嗎？

在這無從抵抗的嚴寒冬季，
蟋蟀用盡最後的力氣，吟唱牠們美妙的歌曲，
甚至獻出單薄的身軀「壯烈」犧牲，
正是因為牠們擁有，
能夠盡情享受春夏秋冬的浪漫情懷。

所以，我拜託你們，
請向後人歌頌牠們的故事。
讓蟋蟀的子孫們，
能夠好好享受牠們的生命，
及牠們浪漫的惰性，
我希望你們能夠放過，
困在螞蟻的命運中的蟋蟀。

我作為一隻卑微的蟋蟀，
出生後就被螞蟻般的命運枷鎖所束縛，
我想代表既擺脫不了這道枷鎖，
也無法歌唱的蟋蟀們，
向螞蟻政府陳情，
讓我們得以擁有享受懶惰的自由。

螞蟻就該有螞蟻的樣子，
蟋蟀就該有蟋蟀的樣子。

三葉草

最大的幸福，

是延續不斷的小確幸。

與人生有關的幾個疑問

疑問 ①
為什麼晚上 7 點想見愛人一面，
變得如此困難？

疑問 ②
為什麼一日三餐、
晚上 7 點準時下班、
每週慢跑三次、
週末和朋友碰面，
變得如此困難？

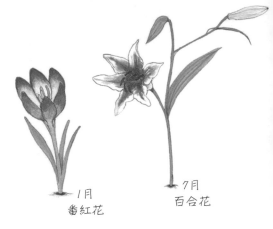

1月
番紅花

7月
百合花

疑問 ③
為什麼抬頭仰望天空、
從風中感受季節的變化、
在路人的臉上發現笑容、
記住鄰家少女的綽號、
把背下野花的名稱當成興趣，
變得如此困難？

疑問 ④
為什麼問這些問題的人，
變得越來越少了呢？

12月風信子

11月
風鈴草

10月
大波斯菊

6月
玫瑰

3月
鬱金香

2月
櫻草

9月
大理花

8月
向日葵

4月
銀蓮花

5月康乃馨

偶爾脫軌

「請勿在電扶梯上奔跑嬉戲。」
「挑選食品請留意保存期限。」
「先聽 1 遍，再跟著唸 1 遍。」
「一天刷牙三次，一次刷 3 分鐘。」

如果在電扶梯上奔跑嬉戲；
如果挑選食品時，沒有留意保存期限；
如果只有聽，卻沒有跟著唸；
如果每天只刷一次牙，而且一次只刷 1 分鐘呢？

無論是誰，
都有不想按指示行事的時候。

哇，
第一次
看到比我
瘦小的人…

值得慶幸的是，
就像人再怎麼生氣，也不會拿易碎品來摔一樣，
即使偏離了原定的軌道，你也不會就此走上歹路。

在交叉路口闖紅燈、
無故打擾一臉凶神惡煞的人、
在 5 樓親身驗證萬有引力定律……
這樣的事並不會突然發生。

因此，
有時跟隨心之所向、身之所往也無妨，
偶爾脫軌一下，說不定還能為日常帶來活力。

星期五晚上，
拒接老闆打來的兩通電話

星期五晚上，在拒接老闆打來的兩通電話後，
以下哪件事情最不可能發生？

1. 被老闆開除。
2. 度過歡樂的星期五。
3. 某個人生死未卜。
4. 下星期一非常難熬。

答案是選項 3。
儘管在星期五晚上，拒接老闆的兩通電話，
也不會有誰的性命因此受到威脅。
（除非你是醫生。）

假如你的個性既膽小又謹慎，
徹夜失眠後，早上一去上班，
你可能就會因為老闆聲量超過 150 分貝，害怕得心臟麻痺，
不過這個機率就像晴天被雷打中一樣低。
為了捍衛足以改變人生的星期五夜晚，
這算是值得承擔的風險吧？
假如你承受得住這些，
選項 1 和選項 4 自然就不算什麼了。

遺憾的是，
至今仍然有許多人的歡樂夜晚，
被老闆的來電所汙染。

請養成星期五晚上手機關機的習慣，
並將老闆撥打電話用的手指頭，
暫時冷凍保存起來。
（什麼，解凍之後接不回去？那就沒辦法囉。）

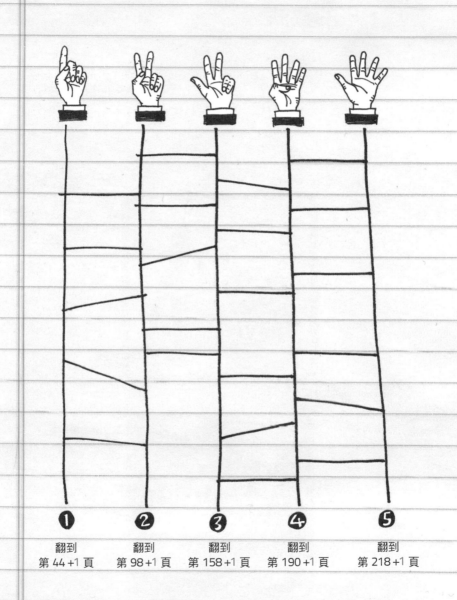

❶
翻到
第 44 +1 頁

❷
翻到
第 98 +1 頁

❸
翻到
第 158 +1 頁

❹
翻到
第 190 +1 頁

❺
翻到
第 218 +1 頁

準時下班的祕訣

「想準時下班，你必須不擇手段。」

前輩是這麼對我說的，

「想準時下班，坐而言不如起而行。」
請你也這樣告訴後輩。

上班族說明書

A Salaried Man Manual

Monday Morning

星期一早上的上班流程*

關鬧鐘、起床盥洗、
擦乳液、穿衣服、
走向玄關、用右手轉門把、
將門把往右邊轉動、
開門、踏出家門、
搭電梯、按下「1F」、
搭上公車或捷運、抵達目的地、
開始工作。

A Salaried Man Manual

Friday Evening

星期五晚上的下班流程

直接下班。

*不想做的事看起來總是格外繁瑣。

吐司中間的果醬

如果生活是兩片吐司

幸福就像是

夾在中間的果醬

雖然藏在裡頭

卻能為生活

增添甜蜜的滋味

一道鎖，數把鑰匙

我們的人生中，
只有一道鎖，卻有很多把鑰匙。

比方說，
能解開「鬱悶心情」這道鎖的鑰匙有：

1 公升的水或 1 毫升的眼淚、
像 Peppertones[*] 的〈Ready, Get Set, Go!〉一樣令人快樂的歌曲、
講電話 5 分鐘或睡午覺 10 分鐘、
看著出來散步的小狗、
瘋狂網購、
穿著輕巧的運動鞋慢跑、
把以前的信拿出來看。

因此，
無論是分手、考試落榜，
或是純粹無故感到鬱悶，
只要你現在有一道難以解開的鎖，
請你先抬起頭來，環視四周。

*於 2003 年成立的韓國獨立樂團。

你會發現，
鑰匙其實
唾手可得。

為你的今天，開一張好天氣的藥單

好天氣和憂鬱症、
好天氣和夫妻冷戰、
好天氣和被害妄想、
好天氣和酒精成癮、
好天氣和失眠、
好天氣和第 3 次被甩、
好天氣和北韓核武問題，
這些詞語看起來一點也不搭。

如果你想將憂鬱症、夫妻冷戰、
被害妄想、失眠、分手等，
各種令人頭疼的問題一一排除，

請你每天，
都抬頭看天空三次。

你將會明白，
對天空而言，沒有什麼是「大」事，
在天空之下，所有問題都是芝麻綠豆大的小事，
這只是宇宙 → 地球 → 亞洲 → 臺灣 → 臺北 → 萬華的天空下，
所發生的小問題罷了。
就像這蔚藍的天空一樣，
該解決的問題，自然就會解決。

為你的今天，
開一張好天氣的藥單。

趁著身體還健康時，就該好好保重身體；
趁著天空正清澈時，就該好好仰望天空。

* 如果你只在經過工地時仰望天空，那你的生活可能出問題了。

1cm

Chapter 5

每天都要成長 1cm

自卑感與魅力點

自卑感——長臉

魅力點——長臉

換個角度看看，自卑感就變成魅力點，
就像馴鹿魯道夫的紅鼻子一樣。

世界是公平的 1

身無分文的你，
還有青春。
青春不再的你，
還有愛妻。
沒有愛妻的你，
還有摯友。
沒有摯友的你，
還有一副好歌喉。
沒有一副好歌喉的你，
還有流利的口才。
沒有流利口才的你，
還有使人綻放笑顏的微笑。

這個世界上，
沒有任何一個人，
真的一無所有。

碰！
看你要再玩一次
還是準時下班

雖然過於消瘦
但有著讓人安心的笑容

世界是公平的 2

神，

賜予高個子五五身比例，
賜予矮個子黃金比例。

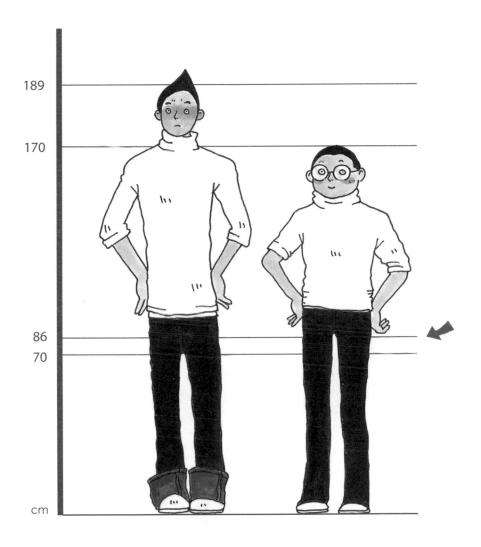

189

170

86

70

cm

購物與人生

購物時，我們會將：

的優點與 　 的優點， 　 的優點與 　 的優點，

的優點及 　 的優點， 　 的優點及 　 的優點，

的優點和 　 的優點， 　 的優點和 　 的優點，

將所有鞋子的優點加總起來，
只為了找到自己的命定鞋款。

更令人驚訝的是，
我們非得找到那雙鞋不可。

購物與人生的共同點，
就是兩者都不能輕易放棄。

愛和去汙漬的共同點，是時機

番茄醬汙漬、
口紅脣印、
鳥大便的痕跡⋯⋯
這些不曉得在哪沾到的無名汙漬，
總是會突然冒出來。
能去除世上所有汙漬的工具，
既不是香皂也不是漂白劑，
而是正確的時機。

再怎麼難以去除的汙漬，
只要在沾到的當下，立刻用清水洗淨，
便會消失得無影無蹤。

因此，
假如剛剛沾到了汙漬，
不論那個汙漬是一個你想遺忘的人、
心情糟到不行的一天，
或是自己犯下的錯，
都趕緊清除乾淨吧。

看著汙漬並回想當下的心情，
是最愚蠢的事。
一沾上汙漬，就立即清除，
需要留下的，只有回憶。

請沿著虛線摺起來

從 1% 的自己開始

如果在 100 個面無表情的人當中，有 1 個人面帶笑容，
我希望那個人是你。

如果每個人都沉默不語，只有 1 個人高聲歌唱，
我希望那個人是你。

如果有 1 個人跌倒後，拍一拍褲子，就站了起來，
我希望那個人是你。

如果在一群不相信愛情的人當中，有 1 個人堅信愛情，
我希望那個人是你。

別害怕當第 1 個微笑的人，
別畏懼當第 1 個歌唱的人，
別害怕當第 1 個起身的人，
別畏懼當第 1 個敢愛的人。

唯有這樣，
才會出現第 2 個微笑的人，
才會出現第 3 個歌唱的人，
才會出現第 4 個起身的人，
才會出現第 5 個敢愛的人，
而且還會有更多像你一樣的人，
你們會一起讓世界變得更美好。

打造一個適合所有人居住的世界，
儘管一開始只有你一個人，也做得到。

😊 Smile Effect

smile

只要有一雙可以擁抱的手臂

只要有一雙可以擁抱的手臂，
就能為他人帶來幸福。

今天也安然無事

想呼喚現任情人，
卻叫成前任情人名字的機率；

用 LINE 大聊別人的壞話，
卻不小心傳給當事人的機率；

問最近發胖的同事，
她懷孕幾個月的機率；

鎖起來的日記，
跟鑰匙一起搞丟的機率。

人生中，
到處都存在著，
犯下致命失誤的可能性。

今天，
即使沒有開心的事，
肯定還是有值得心存感激的理由。

你最棒了！

「你最棒了！」

你聽到這句話的心情，
如果用音樂來表示，
大概就像下面這張圖一樣。

路

只要殷切期盼，就能找到出路。

只要想念某個人，
就會出現一條通往那個人的路；
只要渴望實現夢想，
就能找到一條圓夢的路；
只要嚮往踏上旅程，
就會出現一條買得到機票的路；
只要渴望活下去，
就能找到一條讓你起死回生的路。

這就是人生的魔法。

只要殷切期盼，
我們每個人，
都能成為魔法師。

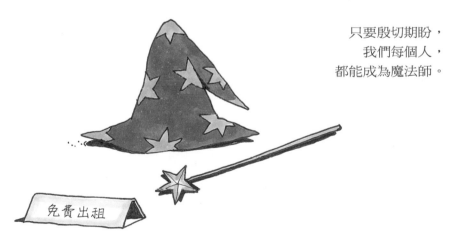

免費出租

旅者的專屬指南

1.

如果不知道該怎麼走，就先上路吧。

比起問路，這麼做，你將會得到更多答案。

2.

看到沒吃過的料理，別害怕，好好享用吧。

這道料理將成為大家最愛聽的話題。

3.

遇到其他陌生旅人，就敞開心房吧。

也許他或她，將為你揭開新的冒險。

4.

精疲力盡時，回想出發前夕的自己吧。

你會明白，癱在家裡休息，

完全無法與這份幸福感相比。

5.

最後，

在這趟旅程邁入尾聲之前，

就開始計畫下一段冒險吧。

畢竟，人生就是一趟永無止境的旅程。

舉例來說

「像是慧貞啊，」
「像是在妍啊，」
「像是尚煜啊，」
「像是馬克啊，」
「像是基碩啊，」

別人拿你來舉例時，
是為了舉什麼樣的例子呢？

我們有許多讓生活更精彩的理由。

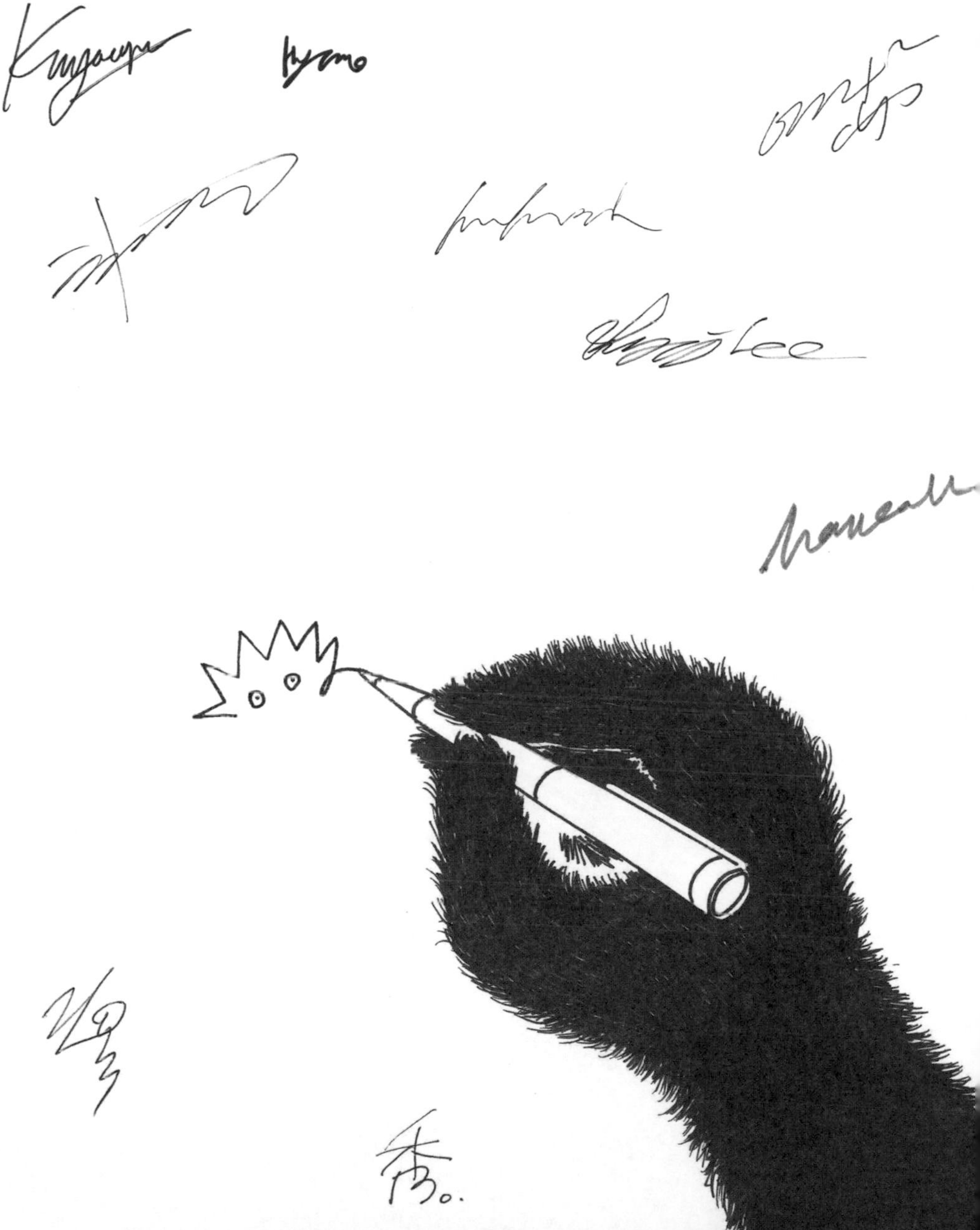

為了看見森林

為了看見森林，
你必須先離開它。

然後，
你就會明白，

比起前往某個地方，
有時候，離開某個地方，
需要更大的勇氣。

人生課題

死亡讓我們回首人生，
眼淚讓笑容更有價值，
離別讓愛情更加成熟。

在人的一生中，
發生的每件事都有其意義。

所有經驗，
都是關於人生的課題。

後悔

有些事，
做了會後悔，
不做也會後悔，

那麼，
倒不如先做再說。

就算後悔了，
也比錯過這個機會的悔意，
來得短暫。

尋寶遊戲

有一個地方，總是演奏著讓人聽不膩的美妙音樂；
有一個地方，正煮著最對我胃口的美食；
有一個地方，美景一望無際，讓我捨不得閉上雙眼；
有一個地方，住著想和我共度一生的伴侶。

這些都是人生的寶物，
人生，就像是一場尋寶遊戲。
想找的時候找不到，
沒特別尋覓時，卻偶然發現。

原本藏起來的寶物，
會在某個地方、某個時間點突然出現。
這就是，我們每天能如此雀躍，
並期待著明天的理由。

寶物就藏在，
一年、一個月，及一天之中的某個瞬間。
寶物就藏在，
家裡、街道上，及旅遊景點中的某個地方。
度過的每段時光，踏出的一步一腳印，
寶物都可能藏在其中。
今天沒找到，不用難過，
也許明天就找到了。
在這個地方沒找到，不用失望，
也許在某個遠處就會找到。

有時候，
尋找寶物的過程，才是真正的寶物。
既期待又興奮的心情，
就像挖到寶藏一樣快樂。

「人生是一場尋寶遊戲，
找到寶物當然開心，
沒找到仍然快樂。」

只要你能這樣想，
人生就是你的尋寶遊戲。

365 次機會

一年有 365 天，
是為了給我們 365 次機會。
太陽每天升起，
是為了幫我們補充能量。

如果你覺得自己做得到某件事，
那麼，就相信那股直覺，
善加利用這 365 次機會吧！
以及每天被灌注的新能量。
只要相信你的直覺、憑藉著那股直覺行動，
最後不僅你，整個世界都會跟著轉動。

相信自己能為世界做一些事、
看到世界因自己而更加美好，
就是人生最有意義的事。

你的才華、嗜好，以及境遇，
這一切會發生，都有其原因。
找出原因，
將它放在心上，
並依循著它採取行動。

神
才沒有那個閒情逸致
讓你無緣無故
誕生在這個世界上

抉擇

在一件需要專心做的事，
和好幾件不能錯過的事之間；

在女人要強勢才能存活，
和女人要溫柔才惹人愛的觀念之間；

在一輩子的友情，
和轟轟烈烈的愛情之間；

在為了更好的明天認真打拚，
和活在當下的享樂主義之間。

我們卡在無數個煩惱與抉擇之間。

在短短的一天之內，
我們一會兒是理性主義者，一會兒是完美主義者；
我們一下子變成聖女貞德，一下子變成灰姑娘；
我們一會兒為友情而活，一會兒為愛情拚上性命；
我們一下子變成努力奮鬥派，一下子又是及時行樂派。

然後，
每個瞬間做出的選擇：
完美主義、聖女貞德、為愛情拚命及享樂主義（或相反），
造就了現在的我們。

其實，做出選擇的瞬間，
我們都是在定義自己。

今天也是美好的一天

今天，有一朵花，
在某個人的庭院裡綻放；

今天，有一個人，
扶起了跌倒的行人；

今天，有一個人，
教導朋友該如何摺紙鶴；

今天，有一個人，
為別人抓住飛走的氣球。

每一天都是機會。
在某個人的人生中，
你可能是美麗的花朵，
你可能是令人感激的力量，
你可能是使人手舞足蹈的好消息。

所以，
活著是如此美好。

當大人的時間，
比當小孩的時間漫長

當大人的時間，
之所以比當小孩的時間漫長，

是為了不讓我們忘記，
小時候擁有的天真無邪；

是為了不讓我們忘記，
小時候所露出的真實微笑；

是為了不讓我們忘記，
小時候所得到的疼愛與關注，
並記得，得到多少就該付出多少。

這些不該忘記的事，
就是幸福。

成為大人後，
便會忘卻、遺失小時候那份簡單的幸福。

如果能像孩子一樣天真無邪，
像孩子一樣展開笑顏，
像孩子一樣去愛與被愛，

就能再次像孩子一樣，
變得容易幸福。

身為大人的我，
偶爾會向小時候的自己學習。

不擅長也是一種成長

A 雖然口齒伶俐，整理房間的能力卻只有 30 分。
B 雖然有驚人的整理能力，但下廚功力只有 45 分。
C 雖然廚藝精湛，但理財觀念只有 52 分。

每個人，
或多或少都有不擅長的領域，
那個領域，從某個時間點開始便停止成長。
現在的身高，可能和國中時一樣高，
現在的繪畫功力，可能和小學時差不多。

可是，
沒有成長這件事，
其實和有所成長一樣，
都屬於成長的一部分。
與其否定自己，
不如自然接受自己沒有成長的部分吧！
不論是理財觀念只有 50 分、
下廚功力只有 37 分，
還是繪畫實力只有 30 分。

矛盾的是，
我們仍然會因此而成長一些。

歲月無法造就仁慈的老人

「仁慈」這個形容詞，
很常被用來搭配「老人」這個名詞。
「睿智」這個形容詞，
也很常跟「老人」搭在一起。

但是，
所謂年紀越大越仁慈、越睿智，
或許並不像形容詞和名詞那樣，
能自然而然的組合起來。

有時候，是我們太大意了。
「年紀大了變得越來越仁慈。」
「年紀大了變得越來越睿智。」
「隨著年紀增長，個性也跟著改變了。」

其實不是的，
歲月無法造就仁慈或睿智的老人。

別期待歲月將你磨練成那般模樣，
自己親手描繪出未來的樣貌吧！

只有這麼做，
仁慈的老人才得以誕生，
睿智的老人才得以誕生。

像老松樹般隱隱帶有香氣的老人，
就是這麼誕生的。

先做好開懷大笑的準備

先做好開懷大笑的準備，
值得開心的事就會更快來臨。

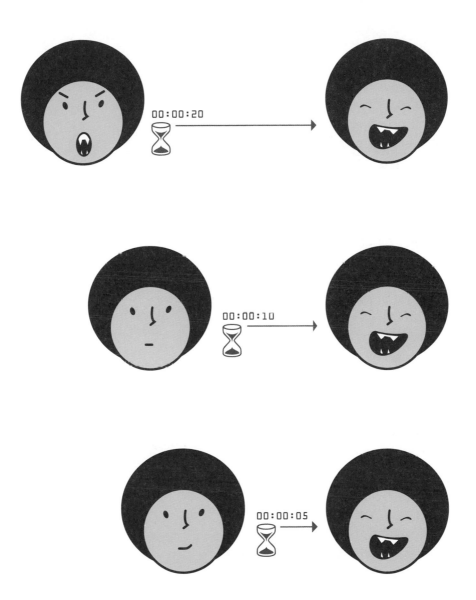

愛自己吧！

愛自己吧！別傷害自己。
如果你讓自己受傷了，
請務必記得：
在傷口癒合之前，痛的是自己，
為了讓傷口癒合，服用藥物的也是自己。
就算跌倒了，最後也得站起來，
想要站起來，只能靠自己的雙腿，
所以，你更應該要好好珍惜自己。

愛自己吧！
愛著別人的同時，也要學習如何愛自己。
別被美好卻虛假的愛情矇騙，
談一場踏實、溫暖又堅強的戀愛吧。
比起像是加了調味料一樣，瞬間變得美味的愛情，
談一場有如家常飯菜一般，含蓄而溫情的戀愛吧。
比起總是曖昧不明、令人不安的愛情，
談一場讓你覺得被愛著的戀愛，
並讓深愛著你的對方也感受到吧。

愛自己吧！
偶爾偷懶一下、耍小聰明也無妨，
偷懶耍廢的同時，能複習勤奮的美德，
耍小聰明的同時，能重溫原則的重要性。
但是，可不能完全耍廢，
如果因為習慣偷懶，而忘記如何努力，
或因為習慣耍小聰明，而忘記了原則，
這可能會害到自己，甚至波及身邊的人。
當然，也不能過度鞭策自己。

《塔木德》中如此說道：
「一個人的價值取決於他如何休息。」
別忘了給自己足夠的休息時間，
並在那段期間，發掘自己喜愛的事物。
那將會成為生命中全新的喜悅，
而喜悅會使你更加閃耀。

愛自己吧！
也要愛自己徬徨的模樣，
因為這是你想好好把握人生的證據。
偶爾徹夜買醉、痛哭流涕也無妨，
但別忘了，雖然酒和眼淚能讓你暫時忘記煩惱，
但它們無法為你解決問題。
如果明天天氣好的話，
就把所有煩惱攤在陽光下吧。
就像受傷的人需要被醫生治療一樣，
只要走出黑暗，讓陽光治癒你的傷口，
原本看似無解的問題，便會迎刃而解，
你將會發現，原本看似極深的傷口，比想像中來得淺，
就讓所有煩惱與傷痛，隨著眼淚一起被陽光蒸發吧。

愛自己吧！
記得也告訴他人：「一定要愛自己。」
讓更多人珍惜自己。
我們必須先學會如何愛自己，
才能夠愛別人。
這就是，
讓我們相愛的方法。

國家圖書館出版品預行編目（CIP）資料

1cm 的起點：嘴角揚起 1cm 就是快樂，手伸長
1cm 就是友誼，你的 1cm 要從哪裡開始？／金
銀珠著；金材娟繪；林育帆譯. -- 初版. -- 臺北
市：大是文化有限公司，2021.11
272 面；14.8×21 公分. --（Style；49）
譯自：1cm 우리진
ISBN 978-986-5548-80-3（平裝）

862.6　　　　　　　　　　　　　110003246

Style 049

1cm 的起點

嘴角揚起 1cm 就是快樂，手伸長 1cm 就是友誼，你的 1cm 要從哪裡開始？

作　　者／金銀珠
繪　　者／金材娟
譯　　者／林育帆
責任編輯／李芊芊
校對編輯／江育瑄
美術編輯／林彥君
副總編輯／顏惠君
總　編　輯／吳依瑋
發　行　人／徐仲秋
會　　計／許鳳雪
版權經理／郝麗珍
行銷企劃／徐千晴
業務助理／李秀蕙
業務專員／馬絮盈、留婉茹
業務經理／林裕安
總　經　理／陳絜吾

出　版　者／大是文化有限公司
　　　　　　臺北市 100 衡陽路 7 號 8 樓
　　　　　　編輯部電話：（02）23757911
　　　　　　購書相關資訊請洽：（02）23757911 分機 122
　　　　　　24 小時讀者服務傳真：（02）23756999
　　　　　　讀者服務E-mail：haom@ms28.hinet.net
郵政劃撥帳號 19983366　戶名／大是文化有限公司

法律顧問／永然聯合法律事務所
香港發行／豐達出版發行有限公司 Rich Publishing & Distribut Ltd
　　　　　　地址：香港柴灣永泰道 70 號柴灣工業城第 2 期 1805 室
　　　　　　Unit 1805, Ph. 2, Chai Wan Ind City, 70 Wing Tai Rd, Chai Wan, Hong Kong
　　　　　　電話：21726513　傳真：21724355
　　　　　　E-mail：cary@subseasy.com.hk

封面設計／Bianco Tsai
內頁排版／顏麟驊
印　　刷／緯峰印刷股份有限公司

出版日期／2021 年 11 月初版
定　　價／新臺幣 380 元（缺頁或裝訂錯誤的書，請寄回更換）
I S B N／978-986-5548-80-3